AF146216

Herstellung und Verlag:
BoD - Books on Demand, Norderstedt
ISBN 978-3-7347-3962-0

HERR, ICH GLAUBE

Wer ist schuld an all der Not in der Welt? Warum gibt es
Behinderte von Geburt an? Warum kommt ein Kind blind
auf die Welt? Solche Fragen haben seit eh und je die Menschen bewegt. Und immer neu kommt die Frage auf: Wer ist
daran schuld? Heute lautet die Frage oft: Wenn Gott gut ist,
warum lässt er dann das Leid zu? Damals fragten sich die
Menschen: Die Behinderung muss eine Strafe Gottes sein!

Wer also hat diese Strafe verdient? „Wer hat gesündigt", dass dieser Mann blind geboren wurde, so fragen die Jünger Jesus, als sie diesen Bettler sehen. „Er selbst? Oder haben seine Eltern gesündigt, sodass er blind geboren wurde?"

Sagen wir nicht, das gibt es heute nicht mehr. Ich kenne Eltern von behinderten Kindern, denen „superfromme" Leute doch tatsächlich sagen: Gott hat euch gestraft, weil ihr das und das getan habt! Deshalb ist das Kind behindert. Manchmal kommt die schmerzliche Frage auch im Herzen der Eltern auf: Haben wir etwas falsch gemacht? Ist die Behinderung unseres Kindes vielleicht doch unsere Schuld, die Strafe dafür?

Jesu Antwort ist klar: „Weder er, der Blindgeborene, noch seine Eltern haben gesündigt." Jesus richtet den Blick nicht nach hinten, sondern nach vorne. Nicht die Frage: Warum? Sondern: Wozu? Jesus lädt seine Jünger, und damit auch uns heute ein, nicht in der Vergangenheit herum zu graben, sondern in die Zukunft zu schauen: An dem Behinderten „soll das Wirken Gottes offenbar werden".

Jesus will unseren Blick wenden und wandeln. Sieh nicht zuerst das Unglück, sondern die Chance. Nun mag man einwenden: Dieser Blinde hat Glück gehabt. Jesus hat ihn auf wunderbare Weise geheilt. Aber wie viele bleiben ihr Leben lang blind oder behindert? Wo ist da die Chance?

Jesus will mit der Heilung des Blindgeborenen etwas zeigen, das für alle gilt: Jeder geht mit Lasten und Bürden durchs Leben. Auch die Gesunden haben ihre Wunden, seelischer Art. Körperliche Gesundheit ist kostbar, aber nicht alles. Jesus hat nicht nur dem Blinden die Augen geöffnet. Er will auch uns ein neues Sehen schenken. Er möchte, dass wir das Wirken Gottes auch in unserem eigenen Leben entdecken.

Ich denke bei diesem Evangelium an liebe Freunde, deren letztes, fünftes Kind, mit Down Syndrom, Trisomie 21, zur Welt kam. Sie sagen immer: Dieses Kind ist unser Sonnenschein. Und tatsächlich ist es so. Seine Eltern und Geschwister fragen sich nicht: Hat Gott uns gestraft? Sie sehen, wie sehr ihr Leben durch dieses Kind bereichert wurde.

Jesus macht uns Mut, die Schwierigkeiten im eigenen Leben nicht als Strafe zu sehen, nicht als bloßes Unglück. Letztlich sind es gerade jene Nöte, die uns dorthin führen können, wohin schließlich der Blindgeborene fand: **Herr, ich glaube!**

Ich fahr Dich dann mal, eben

Eigentlich ein Gedanke, der jeden einmal trifft, wenn er ein gewisses Alter erreicht, die Jugend hinter sich gelassen hat, oder dem Tod schon zuuuoft begegnet ist.

Wie geht es weiter? Nach dem Tod.

Was ist das eigentlich, das „ewige Leben". ?

Wie komme ICH denn in den Genuss der Ewigkeit?

Oder: ist das ein Segen, oder ein Fluch? Immer wieder aufzuwachen, und zu merken: der gleiche Tag beginnt. Ganz so wie beim Murmeltier….

Es war Sighard, der mich auf diese Idee brachte, obwohl er vermutlich ganz etwas anderes damit bezweckte. Ich gehe einfach davon aus, dass es so war.

Wir sprachen, veritabel, über Gott und die Welt.
Er, Sighard, und ich. Er war ein Augustiner Mönch, ich der, der ich halt bin. Ein zunächst einfaches Gespräch, das alsbald mutierte. Mutierte zu einer hochkarätigen Diskussion im schönsten Sinne der Klassiker und Philosophen. Aber doch mit ein wenig vorsichtigem Betasten und Ausloten verbunden. Sighards Thema war der Tod. Als Mann des Glaubens brauchte er sich ja vor dem Tod nicht zu fürchten, versicherte er. Auch nicht vor dem Sterben, erklärte er. Doch da hatte ich so meine leichten Bedenken. Er wünsche sich einen Tod im Hinüberschlafen. Einfach so. Er schläft ein und wacht nicht mehr (im Diesseits) auf. Angenehm.

Als wir dann wieder Richtung nördlicher Heimat fuhren, musste ich an Sighards Gedanken denken. Ich schlief, neben dem Steuer sitzend, ein.
Am Steuer saß jemand, der Sighards Traum hätte wahrmachen können. Ich fahr´ Dich dann mal eben …

Dazu ergänzte und meinte ein Leser und ständiger Fan meiner Zeilen:

Wie wäre ein Winter zu ertragen,
ohne Hoffnung auf den Frühling,
wie ein Abschied auszuhalten,
ohne Hoffnung auf ein Wiedersehen?

Nur die Hoffnung,
dass es immer wieder hell wird,
lässt uns die langen, finsteren
Nächte durchstehen.

Ja, oder eben am Beifahrersitz zu sitzen....

Nein, in manchen Fällen eine absolut realistische Interpretation. Nur die Hoffnung lässt dich überhaupt einsteigen, die Hoffnung anzukommen.

Der Himmel auf Erden

Der Himmel auf Erden – die Erde im Himmel;
der Himmel im Himmel - die Erde auf Erden.

Das Schöne im Schönen.
Die Pracht in der Vollendung.
Das Perfekte im Sein.
Die Ewigkeit in der Unendlichkeit.
Die Wiederholung des Unendlichen.
Die unendliche Wiederholung.
Das dauernde Es.
Die nicht wahrnehmbare Grenze im Nichts.
Die Unteilbarkeit zweier Endlosigkeiten.

Das unendliche Blau, das in ein ebenso nicht endliches
Hellblau übergeht und in diesem untergeht.

Der Kreis als Symbol für Etwas ohne Anfang und Ende.
Der Wasser-Kreis-Lauf als System : ohne Anfang und Ende.
Die Gezeiten, in der Ewigkeit verankert.

Der Sand, aus ... Teilchen bestehend.
Das Meer, aus ... Wassertröpfchen sich zusammensetzend.

Das Meer, der ... Unendlich – Massen - Schwinger, der Unberechenbare, der Unvorhersehbare, der Geniale, sich ständig Verändernde, doch immer gleich Bleibende ?

Eine Größe, die immer gleich ist, sich dabei aber ständig verwandelt.

Ihre Form im Nichts.

Gott, Vater, wir danken Dir

Gott, Vater, wir danken Dir, denn Du hast uns erschaffen.
Gott, Vater, wir danken Dir, denn ohne Dich wären wir
nicht und währen wir nicht. Ohne Dich hätten wir die Kraft
nicht, die wir täglich so dringend brauchen, ohne Dich
könnten wir uns nicht allein auf dieser Welt bewegen, ohne
Dich könnten wir Vieles nicht und Nichts ganz.
(Gott),Vater, wir danken Dir – erst jetzt versteh´ ich´s richtig!
Vater, wir danken Dir - erst jetzt kann ich dieses höchste
aller Lobe nachvollziehen: jetzt, wo ich selbst Vater bin und
hoffe, gelegentlich oder irgendwann einmal sooo belobt zu
werden.

Abschied nehmen

Es ist nicht leicht, Abschied zu nehmen. Abschied von einem Freund, einem geliebten Menschen, einem nahen Angehörigen. Egal, ob dieser Abschied nur vorübergehend, oder endgültig ist, er bedeutet eine Trennung von lieb gewonnen Gewohnheiten. Das schmerzt.

Es ist für mich so, wie ein bildlich Erlebnis, das sich mir eingeprägt hat:
Ich sitze in einem Bundesheer-LKW und tuckere mit „80 Sachen" auf der Autobahn dahin, und werde von meinen (geliebten) Eltern überholt, die mit ihrem Saab an mir vorbeifahren. Sie erkennen mich nicht, ich kann mich nicht bemerkbar machen. Sie ziehen an mir vorbei. Ich kann nicht Abschied nehmen. Es schmerzt noch heute, wenn ich an diese abgelaufene Bildsequenz/Szene denke. Irgendwann später stirbt mein Vater, meine Mutter wird für mich durch ihre fortschreitende Demenz zunehmend unerreichbarer. Ich muss und musste Abschied nehmen. Beide haben unseren gemeinsamen Weg verlassen.

Auch der Abschied von der ersten, großen Liebe ist ein schmerzliches Ereignis. Da hört auch Etwas plötzlich auf, für das es eigentlich keine Erklärung gibt. Es geht Etwas zu Ende, das nicht zu Ende gehen dürfte. Es fällt schwer, den Sinn solcher Schicksalsschläge zu verstehen. Helfen sie in irgendeiner Form? Irgendjemandem? – Ist das, das vielzitierte „Schicksal als Chance"?

Gott ist im Leben jedes Menschen

Eigentlich ist er fast so was wie ein Popstar. Er hat jede Menge Fans und wenn er auftritt, strömen die Massen hin und jubeln ihm zu. Papst Franziskus hat der katholischen Kirche ein ganz neues, modernes und freundliches Gesicht gegeben.

Papst Franziskus setzt neue, wohltuende Akzente in der katholischen Kirche. Die einfachen Worte und Zeichen sind stimmig und werden von den Menschen verstanden. „Er hat die sakrale Welt des Vatikan auf den Boden heruntergeholt", meint der Kapuzinergeneral Mauro Jöhri.

Er will eine Kirche, die sich die Hände schmutzig macht und wirklich bei den Armen ist.

Gott ist Gegenwart

Beim Papstbesuch in Assisi hat der Papst den Franziskanern eine Lektion erteilt, als er in einer Caritas-Suppenküche statt wie üblich bei den Ordensbrüdern zu Mittag gegessen hat. In Rio de Janeiro, vor über einer Million junger Menschen, sagte der Papst: „Es gibt die Versuchung, Gott in der Vergangenheit zu suchen. Gott ist sicher in der Vergangenheit, denn man findet ihn in Abdrücken, die er hinterlassen hat – aber ‚der konkrete Gott' ist heute. Ich habe eine Sicherheit: Gott ist im Leben jeder Person. Gott ist im Leben jedes Menschen – auch wenn das Leben eines Menschen eine Katastrophe war".

Wie sagte unlängst eine Frau zu mir: Nun ist es wieder schön zur katholischen Kirche zu gehören.

Gott hat mich berufen

Ich fühle mich berufen.

von Gott berufen,

meinen Mitmenschen zu dienen, und Ihnen zu helfen, den richtigen (im Sinne von: rechten) Weg zu finden.

Das kann ich, wie ich überzeugt bin, nur als Priester.

Die Chance dazu sehe ich in der Brüderschaft der Augustiner Chorherren im Stift Vorau.

Gewähren Sie, Herr Propst, und ihre Mitbrüder mir, bitte die Möglichkeit, meiner Berufung zu folgen.

Ich glaube, es ist wichtig, einen sicherlich sehr kleinen, aber notwendigen Beitrag leisten zu können, auch nur wenige verirrte Schafe auf den rechten Weg zurückzubringen. Statt meines Lebenslaufs habe ich ein paar Zeilen zusammengestellt, die mir im Laufe der vergangenen Jahre zu diesem ganz besonderen Anliegen „einfach so" aus der Feder geflossen sind:

Ein Ruderboot auf hoher (stürmischer) See

Du hast mir die Frage gestellt, wie ich mich fühle. Ich habe geantwortet: „ wie in einem Segelboot auf stürmischer See, dem das Ruder(blatt) verlorengegangen ist"; ich hätte auch sagen können: „ich fühle mich, wie in einem Ruderboot, ohne Ruder, auf offener See". Vielleicht schlimmer, aber von der Aussage her gleich.

Dann hatte ich (D)eine Begegnung

Nun hat Gott das Ruder übernommen. Ich bin weder Steuermann, noch Kapitän, noch irgendein Mitglied der Crew. Ich bin einfach ich: Passagier.

Wo die Reise nun hinführt, weiß ich nicht. Ich weiß nur: ich vertraue IHM, und lasse mich leiten.

Ich sitze ganz vorne im Ruderboot. ER hat das Ruder, ich sehe ihn nicht, spüre aber, dass mein Vertrauen für diese Reise wichtig ist. Ich will einfach vertrauen.

Der guuute Hirte (Joh. 10,1-21)

Wer nicht durch die Tür in den Schafstall hineingeht, sondern anderswo einsteigt, der ist ein Dieb und ein Räuber. Wer aber durch die Tür hineingeht, der ist der Hirt der Schafe.

Ihm öffnet der Türhüter und die Schafe hören auf seine Stimme. Er ruft seine Schafe beim Namen und führt sie hinaus.

Wenn er alle seine Schafe hinausgelassen hat, geht er vor ihnen her, und die Schafe folgen ihm, weil sie seine Stimme kennen.

Dieses Gleichnis erzählte ihnen Jesus, aber sie verstanden nicht, was er ihnen damit sagen wollte.

Ich, sagte Jesus, bin die Tür zu den Schafen.
Alle, die vor mir gekommen sind, sind Räuber und Diebe.
Aber die Schafe haben nicht auf sie gehört. Ich bin die Tür.
Wer durch mich hineingeht, wird gerettet werden. Er wird ein- und ausgehen und Weide finden.

Der Dieb kommt nur, um zu stehlen, zu schlachten, oder zu verderben.
Ich aber bin gekommen, damit sie leben haben und es in jeder Fülle genießen können.

Ich bin der gute Hirte. Der gute Hirte gibt sein Leben für die Schafe

Der Lohnknecht aber, der nicht Hirt ist und dem die Schafe nicht gehören, lässt, wenn er den Wolf kommen sieht, die Schafe im Stich und flieht; der Wolf raubt und versprengt sie.

Denn er ist ein Lohnknecht; an den Schafen liegt ihm nichts. Ich bin der guute Hirte und kenne die Meinen, und die Meinen kennen mich. Wie mich der Vater kennt und ich den Vater kenne.

Ich gebe mein Leben hin für die Schafe. Niemand nimmt es mir, ich gebe es freiwillig hin.

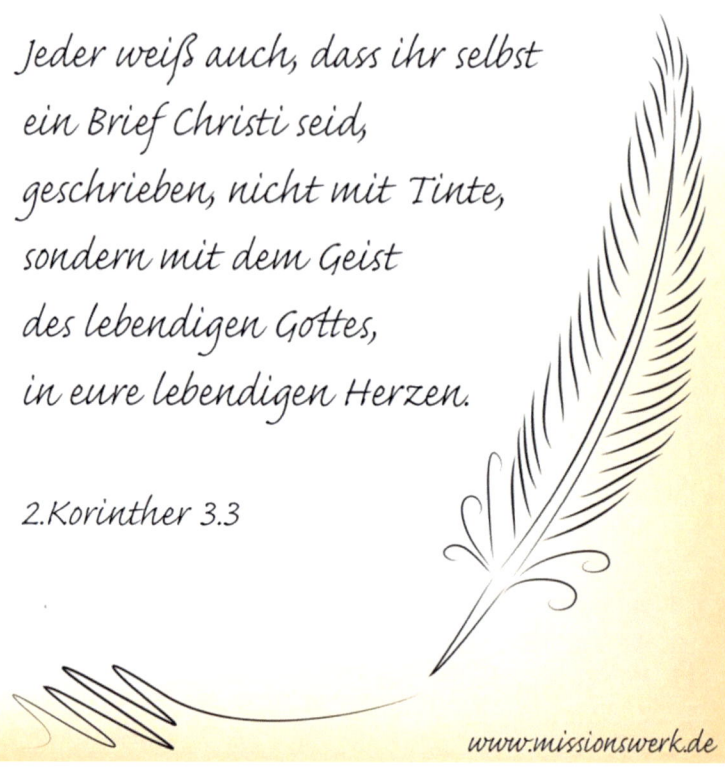

Jeder weiß auch, dass ihr selbst
ein Brief Christi seid,
geschrieben, nicht mit Tinte,
sondern mit dem Geist
des lebendigen Gottes,
in eure lebendigen Herzen.

2.Korinther 3.3

www.missionswerk.de

Ich will Dir schreiben – und weiß nicht wie –
meine Gefühle zu beschreiben - in einer Art von Poesie?
Ich will Dir schreiben – und weiß nicht was –
mein Herz ist gefüllt mit so viel Liebe – völlig im Übermaß.

Mein volles Herz ist klar und rein -
die große, wahre Liebe ist auf ewig mein.
Die Liebe ist gekommen mit Heiterkeit
und trägt mich gefahrlos himmelweit.

Fühlst Du so wie ich – dann reiche mir die Hand –
erlebe mit mir die Liebe auf einem göttlichen Stand.

Jetzt habe ich doch geschrieben -
es sind nur ein paar Worte übrig geblieben.
Meine Gefühle sind so weit und tief, wie das Meer –

diese zu beschreiben das kann ich nicht mehr.
So muss ich die Gefühlsbeschreibung lassen
mein Verstand kann „DAS" nicht in Worte fassen.

Für mein Empfinden ist jeder Ausdruck zu klein, zu geistlos

versuchen dieses Empfinden zu beschreiben ist lediglich ein
Anstoß.

Jedes Wort ist zu einfach für mich. Ich kann´s nicht anders
sagen als: ich liebe Dich!

Und ich dachte schon, ich hätte den Herrn gesehen! Oder: War es doch nur sein Sohn?!

So werden Sie sich nun vielleicht sagen: tja, jetzt spinnt er aber schon wirklich komplett!

Mag ja sein, dass sie so denken, aber: DANN haben sie es halt einfach noch nicht erfahren, oder besser: ist es ihnen bislang doch noch nicht widerfahren. Dieses einzigartige, unbeschreibliche, übersinnliche Erlebnis: „Dem Herrgott pfeil g´rad in´s Aug´ zu(m) schau(g)n"

Es begann schon recht merkwürdig: Wir fuhren mit unserem guten Oldtimerchen gen Italien, wobei ja schon dieses Unterfangen einem kleinen Wunder gleichkam. Da traf ich Ihn das erste Mal in Gestalt einer kleinen geschnitzten Figur, die Ihn mit dem Herzen darstellte. Ein für mich insofern erfüllter, und freudiger Anblick, als man Ihn EINMAL nicht am Kreuze hängen und leiden sah, sondern einfach fröhlich lächelnd und zufrieden, die Hand am Herzen haltend. Er lächelte und schien mir fröhlich zu zu zwinckern. (man muß dazu sagen, dass er in einer bestimmten Entfernung von mir aufgestellt war, und ich keine Brille trug)

Die zweite Begegnung hatte ich mit Ihm, als ich – schon sichtlich ermattet – den Kreuzkofel nahe der „alta badia", dem Abteital, hinaufstapfte. Da sah ich mich plötzlich von den 12 Kreuzwegstationen umzingelt, die den Weg säumten. In immer schlimmeren Darstellungen wurde das Leiden

Christi auf kleinen Halb-Relief-Bildern wiedergegeben. Durch die Eigenart und Leidenschaft der Darstellungen angeregt, fotografierte ich diese kleinen Bildnisse mehrfach, ohne mir wirklich sicher zu sein, welches davon das größte Leid widerspiegelte.

Als ich mir zu Hause angekommen, die Bilder auf meiner (digital)Kamera ansehen wollte, war kein einziges zu sehen….

Und dann sah ich IHN leibhaftig vor mir. In Gestalt eines querschnittgelähmten jüngeren Mannes, der auf einer Bahre lag. Als einzige Bewegung seines Körpers entkam Ihm gerade einmal ein (un)gewolltes Zucken der Finger seiner verkrümmten Hände. Ich sah Ihn, wie er – dennoch lächelnd und guten Mutes – von Helfern gestützt, seinen Körper in´s Meer gleiten ließ, und sich auf dem Rücken „schwimmend" vom Meerwasser genüsslich umschmeicheln ließ.

Kaum war da etwas von DEM zu bemerken, der dereinst über das Wasser gegangen war. Aber sehr sehr viel war VON JENEM zu bemerken, der – dem Opferlamm gleich – alle Sünden der Menschheit auf sich geladen hatte…
.

Ordensregel des Hl. Augustinus

Vor allem, liebe Brüder, soll Gott geliebt werden, sodann der Nächste; denn das sind die Hauptgebote, die uns gegeben sind.

I. WESEN UND ZIEL DES GEMEINSAMEN LEBENS

1. Folgendes schreiben wir euch im Kloster vor:
2. Das Erste, warum ihr in Gemeinschaft zusammenlebt, ist, einmütig im Haus zu wohnen, und ein Herz und eine Seele zu sein auf Gott hin.

Gütergemeinschaft

3. Nennt nichts euer Eigentum, sondern alles gehöre euch gemeinsam. Jedem werde von eurem Vorsteher Nahrung und Kleidung zugeteilt, nicht jedem in gleicher Weise, weil ihr nicht alle zum gleichen fähig seid, sondern einem jeden, wie er es nötig hat. Denn so lest ihr in der Apostelgeschichte: „Sie hatten alles gemeinsam, und jedem wurde zugeteilt, was er nötig hatte."
4. Die in der Welt Besitz hatten, sollen ihn bei ihrem Eintritt ins Kloster gern der Gemeinschaft überantworten.
5. Die aber in der Welt nichts hatten, sollen im Kloster nicht das suchen, was sie draußen nicht haben konnten. Es soll ihnen vielmehr zugeteilt werden, was sie in ihrer Schwachheit brauchen, auch wenn sie in der Welt so arm waren, dass sie nicht einmal das Lebensnotwendige finden konnten. Sie

sollen sich aber nicht schon deshalb glücklich schätzen, weil sie Nahrung und Kleidung bekommen, die sie draußen nicht finden konnten.

Demut als Voraussetzung brüderlichen Zusammenlebens

6. Sie sollen auch nicht überheblich werden, weil sie mit Leuten zusammenleben, denen sie sich draußen nicht zu nahen wagten. Sie sollen vielmehr ihr Herz erheben und nicht wertlose, irdische Dinge suchen. Sonst würden die Klöster den Reichen nützen, nicht den Armen, wenn darin die Reichen demütig, die Armen aber aufgeblasen würden.

7. Andererseits sollen sich die in der Welt Angesehenen nicht der Mitbrüder schämen, die aus ärmlichen Verhältnissen zu dieser heiligen Gemeinschaft gekommen sind. Sie sollen mehr darauf bedacht sein, sich der Gemeinschaft mit armen Mitbrüdern als ihrer reichen Verwandten zu rühmen. Sie sollen sich nicht überheben, wenn sie von ihrem Vermögen der Gemeinschaft etwas beigesteuert haben, und sich nicht mehr darauf einbilden, dass sie ihren Reichtum dem Kloster überantworten, als wenn sie ihn in der Welt genießen könnten. Denn jede andere Sünde wird in schlechten Werken geübt; der Stolz dagegen droht selbst die guten zu vernichten. Was nützt es denn, sein Vermögen an die Armen zu verteilen und selbst arm zu werden, wenn die elende Seele in der Verachtung des Reichtums hochmütiger wird als vorher in seinem Besitz?

8. Lebt also alle eines Herzens und Sinnes miteinander und ehrt in euch gegenseitig Gott, dessen Tempel ihr seid.

II. GEBET

1. Dem Gebet obliegt mit Eifer zu den festgesetzten Stunden und Zeiten!
2. Im Oratorium soll jeder nur das tun, wozu es bestimmt ist, woher es auch den Namen hat. Sonst würden jene, die vielleicht außerhalb der festgesetzten Stunden in ihrer freien Zeit beten wollen, von denen gestört, die glauben, dort etwas anderes tun zu müssen.
3. Wenn ihr in Psalmen und Hymnen zu Gott betet, soll das euer Herz bewegen, was euer Mund ausspricht.
4. Singt nur das, was zum Singen bestimmt ist! Was aber nicht zum Singen geschrieben ist, soll auch nicht gesungen werden.

III. ESSEN UND FASTEN

1. Haltet euren Leib in Zucht durch Fasten und Enthaltung von Speise und Trank, soweit es die Gesundheit erlaubt! Wenn aber einer nicht fasten kann, soll er wenigstens außerhalb der Mahlzeiten keine Nahrung zu sich nehmen, es sei denn, er wäre krank.
2. Wenn ihr zu Tisch geht, hört, bis ihr davon aufsteht, ohne Lärm und Streit an, was euch üblicherweise vorgelesen wird! Nicht allein euer Mund soll Speise zu sich nehmen, sondern auch eure Ohren sollen hungern nach dem Wort Gottes?
3. Wenn solche, die wegen ihrer früheren Lebensweise

schwächer sind, in der Ernährung anders gehalten werden, sollen das die anderen, die infolge einer anderen Lebensweise stärker sind, nicht übelnehmen oder ungerecht finden. Sie sollen jene nicht für glücklicher halten, weil sie mehr bekommen, sondern vielmehr froh sein, weil sie vermögen, wozu jene nicht die Kraft haben.

4. Wenn solchen, die aus verwöhnteren Lebensverhältnissen ins Kloster kommen, etwas mehr an Nahrung, Kleidung, Betten und Decken gegeben wird als den anderen, Stärkeren und deshalb Glücklicheren, sollen diese bedenken, welchen Abstieg für jene der Übergang vom Weltleben zur jetzigen Lebensweise bedeutet, wenn sie es auch nicht bis zur Anspruchslosigkeit der körperlich Stärkeren bringen können. Es sollen auch nicht alle das bekommen wollen, was ein paar als Zugeständnis, nicht aus Bevorzugung, zusätzlich bekommen. Sonst käme es zu dem verwerflichen Widersinn, dass im Kloster die Reichen sich nach Kräften abmühen, die Armen aber verwöhnt werden.

5. Kranke müssen freilich weniger bekommen, um ihnen keine Beschwerden zu verursachen. Nach der Krankheit aber müssen sie so behandelt werden, dass sie sich möglichst schnell erholen, auch wenn sie in der Welt in äußerster Armut gelebt haben. So gestattet ihnen jetzt gewissermaßen die Krankheit das, was den Reichen vorher ihre Lebensart verschaffte. Wenn sie aber wieder zu Kräften gekommen sind, sollen sie zu ihrer glücklicheren Lebensart zurückkehren. Denn den Dienern Gottes steht es gut an, möglichst wenig zu brauchen. Wenn sie wieder gesund sind, soll sie das Verlangen nicht auf der Stufe festhalten, auf der sie in ihrer Krankheit notwendigerweise waren. Als die Reicheren sollen sich jene fühlen, die leichter mit wenigem

auskommen können; denn es ist besser, wenig zu brauchen, als viel zu haben.

IV. VERHALTEN AUSSERHALB DES KLOSTERS

1. Euer Gehaben soll nicht auffällig sein! Legt keinen Wert darauf, durch eure Kleidung zu gefallen, vielmehr durch euer Leben!
2. Wenn ihr ausgeht, geht miteinander! Wenn ihr an das Ziel eures Weges kommt, bleibt beisammen!
3. Im Gehen und Stehen, in all euren Bewegungen, soll nichts vorkommen, was bei jemandem Anstoß erregen könnte; sondern alles soll eurem heiligen Stand entsprechen.
4. Wenn euer Blick auf eine Frau fällt, soll er nicht auf ihr haften bleiben. Es ist euch nicht verboten, beim Ausgehen Frauen anzuschauen; aber sie begehren oder von ihnen begehrt werden wollen, ist schuldhaft. Nicht allein durch Berühren oder Verlangen, sondern auch im Anschauen zeigt sich die Begierde nach Frauen. Sagt nicht, euer Herz sei rein, wenn euer Blick unrein ist; denn ein schamloser Blick verrät das unreine Herz. Wenn sie nun im Wechsel der Blicke, selbst ohne Beteiligung der Zunge, ihr unreines Herz verraten und infolge fleischlicher Begierde in Leidenschaft zueinander entbrennen, ist es um die Keuschheit schon geschehen, auch wenn die körperliche Unversehrtheit nicht

verletzt wird.

5. Wer seinen Blick auf eine Frau heftet und es gern hat, wenn auch sie den ihren auf ihn heftet, der glaube nicht, er bleibe dabei unbeobachtet. Er wird überall gesehen, und gerade von Leuten, an die er gar nicht denkt. Mag es aber auch völlig geheim geschehen und von niemandem gesehen werden, was will er denn gegenüber jenem Beobachter von oben tun, dem nichts verborgen bleiben kann? Soll man glauben, er sehe es nicht, weil seine Geduld ebenso groß ist wie seine Weisheit? Ihm zu missfallen fürchte sich also der Gottgeweihte; dann wird er auch nicht eine Frau in schlechter Weise zu gefallen suchen. Er bedenke, dass Gott alles sieht; dann wird er auch nicht eine Frau in schlechter Absicht sehen wollen. Die Gottesfurcht wird in dieser Sache auch durch das Schriftwort empfohlen: „Ein Mann mit lüsternem Blick ist dem Herrn ein Greuel."

6. Wenn ihr also miteinander in der Kirche oder an einem anderen Ort mit Frauen zusammen seid, habt gegenseitig auf eure Reinheit acht! Gott, der in euch wohnt, wird euch auch darin durch euch selbst bewahren.

Brüderliche Zurechtweisung

7. Bemerkt ihr nun die Begierlichkeit des Blickes, von der ich spreche, an einem von euch, dann ermahnt ihn sogleich, sein Vorhaben nicht weiter zu verfolgen, sondern sich von seinem Nächsten bessern zu lassen!

8. Wenn ihr ihn aber nach der Ermahnung oder an einem anderen Tag beim gleichen Tun seht, dann soll ihn, wer ihn dabei antrifft, anzeigen; denn er ist

verwundet und muss geheilt werden. Zuerst aber soll man noch einen Zweiten und Dritten darauf aufmerksam machen, damit er durch zwei oder drei Zeugen überführt und mit der entsprechenden Strenge bestraft werden kann. Glaubt nicht, böswillig zu sein, wenn ihr so etwas anzeigt! Ihr werdet vielmehr schuldig, wenn ihr eure Mitbrüder, die ihr durch eine Anzeige bessern könnt, durch euer Schweigen ins Verderben stürzen lasst. Wenn dein Bruder eine Wunde am Körper hat, die er verbergen will, weil er die ärztliche Behandlung fürchtet, ist es da nicht grausam von dir, zu schweigen, und barmherzig, es anzuzeigen? Um wie viel mehr also mußt du es bei einem solchen Menschen tun, damit sich nicht eine viel schlimmere Fäulnis in seinem Herzen bildet? 9. Bevor man es aber anderen mitteilt, die ihn überführen sollen, falls er es abstreitet, muß man es zuerst dem Vorsteher anzeigen, falls sich der Betreffende nach der Ermahnung nicht bessern will. So ist es vielleicht möglich, ihn geheim zurechtzuweisen und es den anderen nicht bekannt zu machen. Leugnet er aber, dann muss man die anderen hinzuziehen, damit er vor allen nicht nur von einem einzigen Zeugen beschuldigt, sondern von zweien oder dreien überführt werden kann. Ist er aber überführt, dann muss er nach dem Urteil des Vorstehers oder des Presbyters, in dessen Zuständigkeitsbereich ihr gehört, eine Strafe zur Besserung auf sich nehmen. Lehnt er auch das ab, so ist er, auch wenn er nicht selbst geht, aus der Gemeinschaft auszuschließen. Auch das ist nicht Grausamkeit, sondern Erbarmen; denn er könnte sonst viele anstecken und ins Verderben stürzen.

10. Was ich hier im Falle des lüsternen Blickes gesagt habe, soll auch in den übrigen Fällen für Beobachtung, Abwehr, Anzeige, Überführung und Bestrafung von Vergehen sorgfältig befolgt werden, mit Liebe zu den Menschen, aber mit Hass gegen die Sünde.

11. Ist einer aber im Bösen bereits so weit gegangen, von einer Frau heimlich Briefe oder kleine Geschenke anzunehmen, dann soll man ihn, wenn er es frei eingesteht, schonend behandeln und für ihn beten. Wird er aber dabei ertappt und überführt, dann werde er nach dem Urteil des Presbyters oder Vorstehers zu seiner Besserung streng bestraft.

V. GEMEINSCHAFT IN BESITZ UND ARBEIT

1. Eure Kleider sollt ihr gemeinsam besitzen, und zwar unter der Aufsicht von einem oder zwei Verwaltern oder von so vielen, wie nötig sind, um sie auszuklopfen, damit sie nicht von den Motten zerfressen werden. Wie ihr eure Nahrung aus einer gemeinsamen Vorratskammer bekommt, so sollt ihr auch eure Kleidung aus der gemeinsamen Kleiderkammer beziehen. Nach Möglichkeit soll es nicht eure Sache sein, was man euch der Jahreszeit entsprechend zum Anziehen gibt; ob jeder von euch wieder das bekommt, was er abgelegt hat, oder etwas,

das ein anderer getragen hat. Doch soll keinem verweigert werden, was er braucht. Kommt es aber deswegen unter euch zu Streit und Unmut, wenn sich einer beklagt, er habe etwas Schlechteres als vorher erhalten, und es sei seiner unwürdig, das anzuziehen, was ein anderer Mitbruder getragen hat, dann habt ihr den Beweis, wieviel euch von jenem inneren heiligen Kleid des Herzens fehlt, wenn ihr um die Kleidung des Körpers streitet. Wenn man eurer Schwachheit schon dadurch entgegenkommt, dass ihr wieder bekommt, was ihr abgelegt habt, dann verwahrt wenigstens die abgelegte Kleidung an einem einzigen Ort unter gemeinsamer Aufsicht.

2. Keiner soll etwas für sich selbst erarbeiten, sondern all euer Arbeiten geschehe gemeinsam und dadurch mit größerem Eifer und mehr Lust, als wenn jeder für sich selbst arbeitet - Liebe nämlich, von der geschrieben steht: „Sie sucht nicht den eigenen Vorteil" besagt: das Gemeinsame über das Eigene, nicht das Eigene über das Gemeinsame stellen. Ihr seid also umso weiter vorangekommen, je mehr ihr um die gemeinsame Sache bemüht seid, statt um eure privaten Interessen. So wird in allem, was wir zu diesem vergänglichen Leben nötig haben, das herausragen, was ewig bleibt: die Liebe.

3. Wenn jemand seinen Söhnen oder Angehörigen im Kloster etwas zukommen lässt, sei es Kleidung oder sonst etwas Notwendiges, soll das deshalb nicht geheim angenommen werden. Es ist vielmehr Gut der Gemeinschaft, und es steht in der Macht des Vorstehers, es dem zu geben, der es braucht.

4. Eure Kleidung soll nach dem Entscheid des Vorstehers gewaschen werden, entweder von euch selbst oder von Wäschern, damit nicht ein übertriebenes Verlangen

nach einem sauberen Gewand eure Seele im Innern be-
schmutze.

Sorge für die Kranken

5. Ein Bad für den Leib ist keineswegs abzulehnen,
wenn die schwache Gesundheit es erfordert. Es geschehe
aber ohne Murren nach den Weisungen der Heilkunde
auf Befehl des Vorstehers alles, was für die Gesundheit
erforderlich ist, selbst gegen den Willen des Betroffe-
nen. Verlangt dieser etwas, obwohl es ihm nicht zuträg-
lich ist, dann soll man seinem Begehren nicht entsprechen. Manchmal glaubt man nämlich, das Angenehme
sei auch nützlich, während es tatsächlich schadet.

6. Bei inneren Krankheiten soll man einem Diener Gottes ohne Zweifel Glauben schenken, wenn er seine
Schmerzen beschreibt. Wenn aber nicht klar ist, ob zur
Heilung des Leidens etwas Angenehmes auch nützt, ist
ein Arzt zu konsultieren.

7. Ins Bad oder anderswohin soll man mindestens zu
zweit oder zu dritt gehen. Wer weggehen muss, soll
nicht mit denen gehen, mit denen er selbst will, sondern
mit wem der Vorsteher ihn sendet.

8. Die Sorge für die Kranken, Genesenden, Schwächli-
chen und Leidenden, auch wenn sie kein Fieber haben,
soll einem Mitbruder übertragen werden. Dieser soll aus
der Vorratskammer erbitten, was nach seinem Ermessen
ein jeder braucht.

Verwaltung des gemeinsamen Gutes

9. Wer für die Vorratskammer, die Kleidung oder die
Bücher verantwortlich ist, soll ohne Murren den Brüdern
dienen.

10. Bücher soll man täglich zu festgesetzter Stunde verlangen; wer außerhalb dieser Zeit danach verlangt, soll

nichts bekommen.

11. Die Ausgabe von Kleidung und Schuhen soll aber von denen, die mit ihrer Verwahrung betraut sind, nicht aufgeschoben werden, wenn jemand sie notwendig braucht.

VI. BITTE UM VERZEIHUNG UND VERGEBUNG BEI BELEIDIGUNG

1. Streit sollt ihr entweder gar nicht haben, oder ihn wenigstens möglichst schnell beilegen. Sonst wächst der Zorn zum Hass und macht aus dem Splitter einen Balken und die Seele zur Mörderin; denn so lest ihr: „Jeder, der seinen Bruder hasst, ist ein Mörder."
2. Wer durch ein Schimpfwort, eine üble Nachrede oder durch den Vorwurf eines Vergehens einen anderen verletzt hat, suche möglichst schnell wiedergutzumachen und zu heilen, was er angerichtet hat. Wer verletzt wurde, verzeihe ohne lange Verhandlungen. Haben sie sich aber gegenseitig beleidigt, so müssen sie einander ihre Schuld vergeben im Hinblick auf euer Beten, das gerade, weil ihr häufig betet, umso vollkommener sein soll. Besser aber ist einer, der oft zum Zorn versucht ist, aber schnell bereit ist, jemanden um Verzeihung zu bitten, wenn er erkennt, dass er ihm Unrecht getan hat, als einer, der schwerer in Zorn gerät, aber auch schwerer dazu zu bewegen ist, um Verzeihung zu bitten. Wer aber nie

um Verzeihung bitten will oder nicht ehrlichen Herzens darum bittet, der ist ohne Berechtigung im Kloster, selbst wenn man ihn nicht ausstößt. Hütet euch also vor zu harten Worten! Sind sie aber einmal aus eurem Mund gekommen, dann bringt auch bald Worte der Heilung aus demselben Mund, der die Wunden geschlagen hat! 3. Wenn aber die Sorge um die Disziplin euch zwingt, harte Worte zu sprechen, um die Jüngeren in Schranken zu halten, dann braucht ihr sie nicht um Verzeihung bitten, selbst wenn ihr fühlt, dabei das rechte Maß überschritten zu haben. Sonst würde bei den Untergebenen durch eine allzu große Demut die Führungsautorität zerstört. Doch müsst ihr den Herrn aller um Vergebung bitten, der weiß, mit welchem Wohlwollen ihr die liebt, die ihr vielleicht über Gebühr zurechtweist. Die Liebe unter euch soll aber nicht vom Fleisch, sondern vom Geist bestimmt sein.

VII. GEHORSAM GEGEN DIE OBEREN UND DIENST DES VORSTEHERS

1. Dem Vorsteher soll man wie einem Vater in Ehrerbietung gehorchen, um nicht in ihm Gott zu beleidigen; vielmehr noch dem Presbyter, der für euch alle Sorge trägt.
2. Sache des Vorstehers ist es, besonders darauf zu achten, dass all diese Vorschriften befolgt werden. Sollte

etwas nicht befolgt werden, so sorge er, dass man das nicht leichtfertig übergehe, sondern gründlich bessere. Was aber über seinen Bereich und seine Kräfte hinausgeht, soll er dem Presbyter vorlegen, der bei euch die höhere Autorität besitzt.

3. Euer Vorsteher soll sich nicht deshalb glücklich schätzen, weil er kraft seines Amtes gebieten, sondern weil er in Liebe dienen kann. In der Stellung in eurer Gemeinschaft stehe er über euch, in der Ehrfurcht vor Gott liege er euch zu Füßen. In allem soll er selbst ein Beispiel guter Werke geben, die Unruhigen zurechtweisen, die Verzagten trösten, sich der Schwachen annehmen, mit allen Geduld haben. Gerne sei er auf Ordnung und Ehrfurcht bedacht. Obwohl beides notwendig ist, strebe er mehr danach, von euch geliebt als gefürchtet zu werden. Er sei sich immer bewusst, dass er vor Gott einst über euch Rechenschaft ablegen muß.

4. Habt deshalb nicht nur füreinander Verständnis, sondern habt es auch für ihn durch mehr Gehorsamsbereitschaft; denn je höher bei euch jemand steht, umso größer ist die Gefahr, in der er schwebt.

VIII. BEOBACHTUNG DER REGEL

1. Gebe es der Herr, dass ihr dies alles in Liebe beobachtet, als Liebhaber geistlicher Schönheit, als Wohlgeruch Christi, voll Eifer in rechtschaffenem Leben, nicht wie

Sklaven unter dem Gesetz, sondern als Freie unter der Gnade.

2. Damit ihr euch aber in diesem Büchlein wie in einem Spiegel betrachten könnt und nichts aus Vergesslichkeit vernachlässigt, soll es euch einmal wöchentlich vorgelesen werden. Wenn ihr dann findet, dass ihr das tut, was hier geschrieben steht, dann dankt Gott, dem Geber alles Guten! Wenn aber jemand von euch noch Fehler an sich bemerkt, dann bereue er das Vergangene, nehme sich für die Zukunft in acht und bete, dass ihm die Schuld vergeben und er nicht in Versuchung geführt werde.

Als ich mich zu lieben begann, habe ich verstanden, dass ich immer (und zu jeder Zeit) zur richtigen Zeit am richtigen Ort bin, und das alles was geschieht richtig ist. Von DA an konnte ich ruhig sein. Heute weiß ich: DAS nennt man Gott vertrauen.

Als ich mich zu lieben begann, konnte ich erkennen, dass emotionaler Schmerz und Leid nur Warnungen für mich sind, nicht gegen meine eigene Wahrheit zu leben. Heute weiß ich: DAS nennt man Authentischsein.
Als ich mich zu lieben begann, habe ich aufgehört, mich nach einem anderen Leben zu sehnen, und konnte sehen, dass alles um mich herum eine Aufforderung zum Wachsen war. Heute weiß ich: DAS nennt man Reife.

Als ich mich zu lieben begann, habe ich aufgehört, mich meiner freien Zeit zu berauben, und ich habe aufgehört, weiter gloriose oder grandiose Projekte für die Zukunft zu entwerfen. Heute mache ich das, was mir Spaß und vor allem Freude macht, was ich liebe und was mein Herz zum Lachen bringen kann. Auf meine eigene Art und in meinem Tempo. Nach (meiner) Lust und Laune. Heute weiß ich: DAS nennt man Ehrlichkeit

Als ich mich zu lieben begann, habe ich mich von allem befreit, was nicht gesund für mich war. Von Speisen, Dingen, oder Menschen und Situationen. Schlicht von Allem, das mich nur hinunterzog; weg von mir selbst. Am Anfang nannte ich DAS noch gesunden Egoismus. Heute weiß ich: das ist Selbstliebe.

Als ich mich zu lieben begann, habe ich aufgehört, immer Recht haben zu wollen. So habe ich mich weniger geirrt. Heute habe ich erkannt: das nennt man DEMUT

Als ich mich zu lieben begann, habe ich mich geweigert, weiter in der Vergangenheit zu leben und mich um meine Zukunft zu sorgen. Jetzt lebe ich nur noch in diesem Au-

genblick, in dem ALLES stattfindet. So lebe ich heute JE-
DEN TAG und nenne es ==Bewußtsein/heit==.

Als ich mich zu lieben begann, erkannte ich, dass mich mein
Denken armselig und krank machen kann. Als ich jedoch
meine Herzenskräfte anforderte bekam mein Verstand einen
wichtigen Partner. Diese Verbindung nenne ich heute ==Her-
zensweisheit==.

Wir brauchen uns nicht weiter vor Auseinandersetzungen,
Konflikten oder Problemen mit uns selber oder anderen
fürchten, denn sogar Sterne krachen manchmal aufeinander
und es entstehen SUPERNOVAE, oder einfach: neue Wel-
ten. Heute weiß ich: SO/DAS ist das Leben!

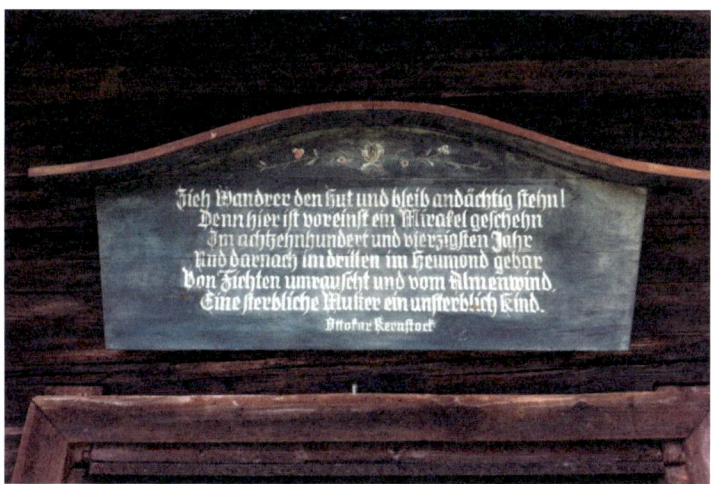

Nun aber bleiben Glaube,
Hoffnung, Liebe,
diese drei,
aber die Liebe
ist die größte
unter ihnen.

1. Korinther 13

Die schönsten Bibelverse

"Als Jesus die Menschenmenge sah, stieg er auf einen Berg.
Er setzte sich, seine Jünger versammelten sich um ihn, und
er begann sie zu lehren. [Wer ist glücklich zu preisen?] Er
sagte: »Glücklich zu preisen sind die, die arm sind vor Gott;
denn ihnen gehört das Himmelreich. ..."
Matthäus 5:1-12

Foto: Berg der Seligpreisungen

Und während er sprach, sahen sie, wie er emporgehoben wurde und eine Wolke ihn fort nahm vor ihren Augen. Und als sie zum Himmel starrten, wie er auffuhr, standen zwei Männer bei ihnen in leuchtenden Gewändern, und sprachen: „Ihr Männer aus Galiläa, was steht ihr und schaut zum Himmel? Dieser
Jesus, der von euch fort in den Himmel aufgenommen wurde – so wird er kommen, wie ihr ihn in den Himmel habt auffahren gesehen."
Apostelgeschichte 1:9-11 ; Himmelfahrtskapelle auf dem Ölberg

JESUS HAT FÜR UNS GELITTEN

ES DARF NICHT ANSTRENGEND SEIN, CHRIST ZU SEIN

Ein Adler-Vater lehrt seinem Sohn das Fliegen.
Fünf Kilometer schafft das junge Tier, dann ist es vollkommen erschöpft.
Der Vater erzählt ihm, er solle das Fliegen eifrig üben, denn in einigen Tagen stünde eine große Reise an, dafür müsse er 50 Kilometer fliegen können.

Der kleine Adler ist ängstlich und verzagt.
Wenn er sich schon nach einem Flug von nur fünf Kilome-

tern so kraftlos fühlt, wie soll er dann jemals 50 Kilometer schaffen können!

Da nimmt sich der Großvater, der die Flugversuche des Jungen seit einigen Tagen beobachtet hat, seiner an, kommt zu ihm hergeflogen und sagt:
"Zeig mir doch einmal, wie du fliegst."

Und der junge Adler schlägt, so schnell er nur kann, mit seinen Flügeln.
Denn er glaubt, um 50 Kilometer fliegen zu können, muß man sich schon sehr anstrengen.

Doch der Alte gebietet ihm Einhalt:
"Schau her, ich zeig dir, wie man´s richtig macht."
Und er erhebt sich mit weiten Schwingen in die Höhe, fliegt einige Male in weiten Kreisen über das junge Tier hinweg, läßt sich dabei vom Auf- und Abwind tragen und schlägt nur dann wenige Male mit seinen mächtigen Flügel, wenn er den Kurs oder die Flughöhe verändern will.

Dann kehrt er zu dem Jungen zurück und erklärt ihm:
"Deine Flügel brauchst du nur, um dich in die Höhe zu schwingen, den Kurs zu halten und um wieder herunterzukommen. Ansonsten vertrau dich ruhig dem Wind an, er trägt dich sicher durch die Luft."

Autor unbekannt

Auch für uns ist es wichtig die Aufwinde des Himmels zu kennen sonst wird unser Christsein furchtbar anstrengend.

„Und als der Pfingsttag gekommen war, waren sie alle an einem Ort beieinander. Und es geschah plötzlich ein Brausen vom Himmel wie von einem gewaltigen Wind und erfüllte das ganze Haus, in dem sie saßen. Und es erschienen ihnen Zungen zerteilt, wie von Feuer; und er setzte sich auf einen jeden von ihnen, und sie wurden alle erfüllt von dem heiligen Geist und fingen an, zu predigen in andern Sprachen, wie der Geist ihnen gab auszusprechen." – Apg 2,1-4

DIE GESCHICHTE VOM WEINBERG

Die Liebe zum eigenen Weinberg! Viele Menschen in unserem Land verstehen das. Es ist eine schöne, befriedigende Arbeit, den eigenen Weingarten zu hegen und zu pflegen. Die Bibel kennt diese Liebe und spricht oft davon. Heute zum Beispiel wird im Gottesdienst eine Stelle aus dem Propheten Jesaja gelesen. Es heißt da: „Ich will ein Lied singen von meinem geliebten Freund, ein Lied vom Weinberg meines Liebsten. Mein Freund hatte einen Weinberg auf einer fruchtbaren Höhe. Er grub ihn um und entfernte die Steine und bepflanzte ihn mit den edelsten Reben. Dann hoffte er, dass der Weinberg Trauben brächte, doch er brachte nur saure Trauben."

An diesem Bild knüpft Jesus an. Es bekommt aber bei ihm eine viel dramatischere Wendung. Es wird ein Geschehen voller Grausamkeit und Gewalt. Die Winzer, die Weinbergpächter verhalten sich wie rücksichtslose Verbrecher. Sie verprügeln, ja sie töten die Knechte des Weinbergbesitzers. Als dieser schließlich seinen eigenen Sohn schickt, um den ihm zustehenden Anteil der Ernte abzuholen, bringen sie sogar ihn um.

Jesu Zuhörer haben verstanden: Von ihnen ist die Rede! Angesprochen ist das Volk, zu dem Jesus sich gesandt weiß: seines, das jüdische Volk. Und um die Ablehnung Jesu durch sein Volk geht es. Gott hat es als seinen geliebten Weinberg gepflanzt. Doch statt süßer Trauben brachte es ihm nur saure Beeren. Gott sandte ihm seine Knechte, das heißt die Propheten. Doch statt auf sie zu hören, wurden sie verachtet und getötet. Und nun ist das Maß voll: Jesus selber, der Sohn Gottes, wird abgelehnt – und umgebracht!

Diese dramatische Geschichte hat eine tragische Nachgeschichte. Allzu oft haben die Christen daraus gelesen: Die Juden haben Jesus, den Sohn Gottes verworfen. Deshalb wurden sie von Gott verworfen. Die Kirche trat an die Stelle der Synagoge. Die Christen haben den Weinberg des Herrn anvertraut bekomme, den Gott den Juden weggenommen hat. So manche Judenverfolgungen wurden damit gerechtfertigt. Wie viel Leid haben Christen dadurch über Juden gebracht!

Das Evangelium spricht aber nie nur über die Vergangenheit. Jesus spricht die Menschen unserer Zeit an. Die Geschichte vom Weinberg und den sauren Beeren, von den bösen Pächtern und ihren Taten spielt sich jetzt ab.

Nehmen wir also an: Der Weinberg ist die Kirche. Bringt er die Frucht, die Gott sich von ihr erwartet? Benehmen wir Christen uns nicht zu oft wie diese Knechte im Gleichnis Jesu? Sicher, es gibt wunderbare Menschen unter den Christen, große Vorbilder, die gute Früchte bringen. Aber wie oft werden sie in den eigenen Reihen verkannt, verfolgt, verachtet. Das Leben der Heiligen ist reich an Leiden durch die eigene Kirche.

Wo Menschen gut und gerecht
miteinander umgehen
und nach Gottes Willen fragen,
bin ich zu Hause.

Sprüche 8,20

ADVENT

Markus 13,24-37

Jesus sprach zu seinen Jüngern: In jenen Tagen, nach der großen Not, wird sich die Sonne verfinstern, und der Mond wird nicht mehr scheinen; die Sterne werden vom Himmel fallen, und die Kräfte des Himmels werden erschüttert werden. Dann wird man den Menschensohn mit großer Macht und Herrlichkeit auf den Wolken kommen sehen. Und er wird die Engel aussenden und die von ihm Auserwählten aus allen vier Windrichtungen zusammenführen, vom Ende der Erde bis zum Ende des Himmels. Lernt etwas aus dem Vergleich mit dem Feigenbaum! Sobald seine Zweige saftig werden und Blätter treiben, wisst ihr, dass der Sommer nahe ist. Genauso sollt ihr erkennen, wenn ihr all das geschehen seht, dass das Ende vor der Tür steht. Amen, ich sage euch: Diese Generation wird nicht vergehen, bis das alles eintrifft. Himmel und Erde werden vergehen, aber meine Worte werden nicht vergehen. Doch jenen Tag und jene Stunde kennt niemand, auch nicht die Engel im Himmel, nicht einmal der Sohn, sondern nur der Vater. Seht euch also vor, und bleibt wach! Denn ihr wisst nicht, wann die Zeit da ist. Es ist wie mit einem Mann, der sein Haus verließ, um auf Reisen zu gehen: Er übertrug alle Verantwortung seinen Dienern, jedem eine bestimmte Aufgabe; dem Türhüter befahl er, wachsam zu sein. Seid also wachsam! Denn ihr wisst nicht, wann der Hausherr kommt, ob am Abend oder um Mitternacht, ob beim Hahnenschrei oder erst am Morgen. Er soll euch, wenn er plötzlich kommt, nicht schlafend antreffen. Was ich aber euch sage, das sage ich allen: Seid wachsam!

Es klingt gar nicht sehr adventlich, das heutige Evangelium für den ersten Adventsonntag. Da ist keine Rede vom Adventskranz (den es übrigens erst seit dem 19. Jahrhundert gibt), da gibt es keinen Adventsmarkt, da ist keine Spur von Punschständen und Bäckereien, und auch nicht von Adventsliedern. Vielmehr ist da die Rede von komischen Katastrophen, vor Unvorhersehbarem, das über die Menschen hereinbricht, vom Ende und von der glorreichen Wiederkunft Christi und von deren Erwartung.

Damit sind wir aber viel näher am ursprünglichen Sinn des Advents als mit all dem noch so gefühlsbetonten Adventsrummel unserer Tage. Denn Advent heißt ja wörtlich "Ankunft", und um dieser Ankunft willen feiern wir Advent. Nach alter christlicher Tradition geht es an den vier Sonntagen vor Weihnachten um eine dreifache Ankunft. Zuerst um die, die vor allem zu Weihnachten gefeiert wird, um die Geburt Jesu, des Sohnes Mariens, des Sohnes Gottes, im Stall von Bethlehem, am Anfang unserer Zeitrechnung, vor 2014 Jahren.

Weihnachten ist aber nicht nur eine ferne Erinnerung an die damaligen Ereignisse, zur Zeit des Kaisers Augustus. Es geht immer auch um das Heute, in dem wir leben: das Kommen Jesu in unserer Zeit, seine Gegenwart in unserer Mitte. Er hat ja versprochen: "Ich bin bei euch, alle Tage bis an Ende der Zeit."

Advent bedeutet drittens das Warten auf sein Kommen am Ende der Zeit. Davon handelt heute das Evangelium. Es enthält Worte Jesu über seinen endgültigen "Advent", sein Kommen in Herrlichkeit.

Weil wir uns diesen dritten und letzten Advent Jesu nicht so leicht vorstellen können, spricht er, wie so oft, in Bildern von dem, was da auf uns zukommt. Ein erstes Bild spricht von kosmischen Katastrophen. Sonne, Mond und Sterne werden ihren Dienst aufgeben. Der Himmel wird erschüttert werden, ja zusammenbrechen. Die Sonne ist für uns das Selbstverständlichste. Auf die Sekunde genau können wir ihren Au- und Untergang für jeden Tag, und auf Jahre hinaus berechnen. Dasselbe gilt vom Mond. Und die Fixsterne am Nachthimmel heißen so, weil sie seit eh und je fest an ihrem Platz sind.

Jesu kündigt in diesem Bild an, dass Zeiten kommen werden, in denen alles unsicher wird, in denen uns die Fixsterne verloren gehen, an denen wir uns in der Nacht unseres Lebens orientieren können. Eine Zeit, in der uns das Licht des Tages und die Leuchte der Nacht verloren gehen, weil alles drunter und drüber geht. Und manches an unserer orientierungslosen Zeit erinnert an die Ansage Jesu.

Ein zweites Bild: Lernt vom Feigenbaum! Lernt die Zeichen der Natur zu lesen. Sprechen Klimawandel und zunehmende Naturkatastrophen nicht eine deutliche Sprache?

Ein drittes Bild: der Türhüter. Er muss wachen und warten, bis sein Hausherr heimkommt. Advent ist Zeit des Wachens und Wartens. Der schöne Brauch der Roratemessen früh am Morgen erinnert uns an diesen Sinn des Advents.

 Wir wissen nicht, wann Jesus wiederkommt, nur dass er kommen wird. Vor allem darauf zu warten heißt, Advent einmal anders feiern.

erstellt von: Kardinal Christoph Schönborn (30.11.2014)

Bild

"Advent heißt ja wörtlich 'Ankunft', und um dieser Ankunft willen feiern wir Advent. Nach alter christlicher Tradition geht es an den vier Sonntagen vor Weihnachten um eine dreifache Ankunft", so Kardinal Schönborn.